KB157864

한국 희곡 명작선 23

궁전의 여인들

한국 희곡 명작선 23

궁전의 여인들

정범철

평민사

정
컴
철

궁전의 여인들

등장인물

차마담　　40세. 남편이 교통사고로 사망하고 보험금으로 다방을 차림.

김 양　　29세. 이혼하고 아이를 홀로 키움.

이 양　　27세. 영화배우가 되려했으나 기획사에서 사기를 당함.

박 양　　25세. 등록금을 벌기 위해 대학을 다니며 아르바이트를 하는 중.

흐 양　　24세. 베트남에서 만난 한국남자를 찾기 위해 넘어옴.

여고생　　18세. 공부보단 자기 나름의 인생철학으로 질풍노도의 시기를 보내는 마담의 딸.

건 달　　32세. 김양을 사랑하는 수유리파 왕방울.

생수통　　30세. 김양을 사랑하는 순수청년.

병 장　　23세. 이등병을 괴롭히고 이양을 좋아하는 말년병장.

이등병　　27세. 이양의 전 남친. 군대에 늦은 나이에 입대함.

전당포　　45세. 궁전다방 단골손님.

폐병쟁이　　40세. 차마담의 남편. 시인. 교통사고로 사망했다.

그 외 손님 복덕방, 고시생, 백수, 야채가게, 중국집, 영어강사

때

1999년 봄

장소

서울 외곽의 궁전 다방

프롤로그

궁전다방이라고 적힌 간판.

카운터 및 주방. 출입문. 화장실로 연결된 문.

테이블과 의자들.

녹색지대 〈사랑을 할 거야〉 흘러나온다.

흐양이 청소를 하고 있다.

박양이 시험공부를 하고 있다.

이양이 앉아서 노래를 따라 부르며 화장을 하고 있다.

이 양   (관객을 의식하고) 어머, 안녕하세요. 지금부터 궁전다방 오픈할 건데요. 그전에 부탁 좀 드릴게요. 다들 핸드폰 가지고 계시죠? 저희 다방이 좀 작아서 진동소리도 굉장히 크게 들리거든요. 그러니까 다시 한번 확인하셔서 핸드폰의 전원을 꼭 꺼주시길 바랍니다. 다 끄셨나요? 감사합니다. 그럼 궁전다방의 배우들을 소개할게요. 저는 이정은라고 하구요. 나이는 스물일곱. 여기 궁전다방에서 일하고 있고, 사람들은 저를 이양이라고 불러요. 지금까지 살면서 저는 이런저런 일들이 있었고, 이러쿵저러쿵 해서 여기 궁전다방에서 일하게 되었는데요. 알고 싶으세요? 차차 말씀드릴게요. 소개할 사람이 좀 많아서 시간관계상 넘어갈게요. (박양에게 다가가 소

7

개하며) 여기 얘 이름은 박소연이구요. 나이는 스물다섯. 지금 대학생인데 등록금 때문에 여기서 알바하고 있어요. 우리는 박양아!라고 부르죠. (박양에게) 박양아, 인사 해.

박 양 (관객들에게) 안녕하세요. 궁전다방 귀염둥이 막내 박소연입니다. 저희 궁전다방 찾아주셔서 감사합니다.

이 양 낼모레 시험이라고 공부하는 중이네요. (박양의 책을 들쳐보며) 무슨 시험이니?

박 양 경제학개론 수업인데요. 소셜리즘과 캐피탈리즘의 본질적인 차이는…

이 양 그래. 열심히 해라. (관객에게) 경영학 전공이래요. 다방에서 일한다고 공부 못하는 애들만 있을 거라고 생각하신 거 아니죠? 편견을 버리세요. (흐양에게 다가가) 얘는 얼굴이 좀 까맣죠? 왜 그럴까요? 분장을 까맣게 해서? 얘는 한국사람이 아니거든요. 베트남에서 왔대요. 이름은 흐엉!

흐 양 응우엔 티 흐엉.

이 양 뭐?

흐 양 응우엔 티 흐엉.

이 양 그래. 니네 나라에서 그렇게 불러. 여기선 기니까 그냥 흐엉이라고 하고.

흐 양 네.

이 양 베트남에서 3년 전쯤 왔대요. 거기서 한국남자를 만나서 사랑하게 됐는데 남자가 얘 버리고 한국으로 떠났대

8

요. 그래서…

흐 양 (서툰 한국말로) 버린 거 아니에요. 영남씨 집에서 반대를 해서…

이 양 아이고, 예. 알겠습니다. 그게 그거죠. 뭐. 아무튼 지금 그 남자, 영남씨?

흐 양 네. 맞아요. 영남씨.

이 양 영남씨란 남자를 만나기 위해 한국으로 넘어왔고 여기서 일하면서 계속 찾고 있는 중이래요. 우리는 얘를 흐 양이라고 불러요. 흐양아, 너 몇 살이지?

흐 양 스물넷.

이 양 네. 그렇답니다. 그리고…

김양이 들어온다.

김 양 안녕, 얘들아!

박 양 오셨어요?

흐 양 안녕하세요.

이 양 마침 왔네요. (김양에게) 언니, 이쪽으로 와서 인사 좀 해.

김 양 응? (관객을 보고) 와, 많이들 오셨네?

이 양 언니는 직접 할래?

김 양 뭘?

이 양 소개.

김 양 알았어. (관객에게) 안녕하세요. 제 이름은 김선영이구요. 취미는 독서, 특기는 십자수랑 뜨개질, 좋아하는 색깔은 핑크, 좋아하는 연예인은 김민종… 성격은 밝고 순수하고…

이 양 나이.

김 양 나이는 스물다섯…

이 양 스물아홉이에요.

김 양 네. 그렇죠. 스물다섯이란 마음가짐으로 열심히 살고 있는 스물아홉 젊은 아가씨입니다.

이 양 아가씨 아니에요. 아들 하나 있어요.

김 양 야! 너 왜 그래?

이 양 사실대로 말해야지 왜 거짓말을 해.

김 양 그래, 나 이혼했다. 5살짜리 아들 하나 있다! 됐어? 그 걸 그렇게 콕 찝어서 얘기해야겠니?

박 양 그래요. 이양 언니, 좀 심했다.

김 양 좋은 남자 만나서 새 출발하라고 도와주지는 못할망정!

이 양 알았어. 미안! 언니는 인기 많아서 금방 좋은 남자 만날 거야. 걱정 마.

박 양 (관객을 향해) 여기는 궁전다방입니다. 저희 네 사람은 이곳에서 일하고 있죠.

호 양 다방아가씨!

박 양 네. 우리는 다방아가씨입니다. 손님들의 주문대로 커피, 녹차, 쌍화차, 대추차, 생강차, 인삼차, 율무차 등등 각종 차를 제공하고 손님들의 말상대가 되어드리기도 하죠.

이 양 지금은 1999년입니다. 20세기 마지막 해를 보내고 있죠. 세상은 21세기 밀레니엄이다 뭐다 시끌벅적하네요. 대한민국, 서울이란 도시는 재개발이다 뭐다 건물을 부쉈다 지었다 빠르게 팽창하고 있고요.

김 양 궁전다방이 원래 서울 중심지에 있는 유명한 다방이었거든요. 그런데 점점 밀려나서 여기 변두리까지 오게 되었대요. 라고 말하고 싶은 거지?

이 양 다방의 역사. 우리나라에서 다방은 문화, 예술과 밀접한 관련이…

박 양 그만! 언니, 그 얘기시작하면 우리 공연 너무 길어진다.

흐 양 대충 끝내고 장사해야 될 거 같은데.

김 양 아무튼 다방의 이미지나 인식이 많이 변질되었으나 우린 여전히 건전한 일터에서 열심히 일하는 고급인력들이다! 라고 정의내리고 마무리하기로!

이 양 오케이.

차담이 들어온다.

차마담 잠깐만. 내 소개가 아직 남은 것 같은데?

이 양 마담언니예요. 궁전다방의 안방마님.

차마담 끝이야?

김 양 나이 40세.

박 양 몸매 33-34-35. 완벽한 A라인.

흐 양 성격 원더풀! 완전 좋아.

차마담	반가워요. 여러분. 차숙경이라고 합니다. 오늘 관객분들 인상이 너무 좋으시다. 저는 여기 궁전다방을 5년 넘게 운영하면서 딸아이를 혼자 키우고 있답니다. 아, 여기 아가씨들도 뭐 제 딸들이나 마찬가지죠. 호호.

여고생, 들어온다.

여고생	진짜 딸 여기 두고 뭐하는 거야?
이 양	마담언니의 진짜 딸, 김연희 양입니다.
여고생	방년 18세! 공부는 못하지만 쫄지 않는다. 그게 제 철학이죠. 인생 뭐 있나요? 하고 싶은 일 하면서 열심히 살다가 찐하게 사랑하다가 멋지게 죽는 거! 그게 인생이죠. 안 그래요?
차마담	너 하고 싶은 일이 뭔데?
여고생	글쎄, 고민 중.
박 양	연희야, 친구들 삥이나 뜯지 마.
호 양	삥? 삥이 뭔데?
여고생	삥 안 뜯어. 그냥 때렸음 때렸지. 그런 짓은 안 해.
차마담	저희 딸이 저래요. 에휴. 누구는 그러더라고요. 이게 다 애비 없이 자라서 그런 거라고…
여고생	갑자기 아빠얘긴 왜 해! 나 갈 거야!

여고생, 퇴장한다.

김 양 기지배, 성깔 하난 알아줘야 한다니깐.

차마담 저년 저거 대학은 갈 수나 있을지 모르겠다. 누구 닮아서 저러는지 참.

이 양 연희가 그래도 엄마 걱정 얼마나 하는데. 언니 걱정 마요. 질풍노도의 시기잖아요.

박 양 그래요. 언니! 속상해 하지 말고 노래나 한곡 뽑아줘요. (관객에게) 트로트 기가 막히게 부르시거든요.

호 양 노래해! 노래해!

차마담 얘들은 다짜고짜 갑자기…

차마담, 갑자기 마이크처럼 무언가 움켜쥐고 김지애의 〈얄미운 사람〉을 부르기 시작한다. 차마담의 노래를 이어서 김지애의 〈얄미운 사람〉 배경음악으로 오버랩된다. 손님들 들어오고 장사 시작된다. 모두 분주히 움직이기 시작한다. 노래가 나오는 동안 이양이 관객들에게 말한다.

이 양 오늘도 궁전다방의 하루가 시작되었습니다.

전당포, 들어온다.

이 양 전당포, 정사장이 오늘도 어김없이 찾아왔네요. 저희 단골이시죠.

차마담과 아가씨들은 손님들 주문받고 말상대 해주느라 바쁘다. 이후 여러 손님들이 들어오는데 남자 배우 세 명이 바로 바로 변장하고 손님행세를 한다. 복덕방, 들어온다.

복덕방   (핸드폰 보며) 판교… 대박.

이 양   복덕방, 최사장.

복덕방   박양아, 생강차 생강은 갈지 말고 통째로 퐁당. (퇴장)

고시생, 들어온다.

고시생   대한민국은 민주공화국이다.

이 양   고시생, 최군.

고시생   다방커피요.

이 양   나도 사줄 거지?

고시생   (퇴장하며) 대한민국의 주권은 국민에게 있고 그 권력은 국민으로부터 나온다…

백수가, 들어온다.

백 수   (콧노래 흥얼거리며) 내 손을 잡아봐.

이 양   백수총각, 허군.

백 수   휴지 좀 빌릴게요! (퇴장)

야채가게, 들어온다.

야 채	전당포 벌써 왔네.
전당포	어이 야채!
이 양	야채가게, 장사장.
전당포	어디 가.
야 채	바빠.
전당포	어디 가는데.
야 채	바쁘다니까! (퇴장)

중국집, 들어온다.

중국집	(중국어) 짜장면, 짬뽕 탕수육.
이 양	중국집사장, 짜오젠뚱.
중국집	쟈스민 차 한잔.

중국집 자리에 앉으면 영어강사 등장한다.

영어강사	오 이양. 롱 타임 노 씨.
이 양	영어강사, 토미 리차드.
영어강사	다방커피 둘둘하나 플리즈.
이 양	이렇듯 다양하고 많은 사람들이 삶에 지친 몸과 마음을 달래고, 추스르기 위해.
김 양	또는 내 미모에 반해 어떻게 손이라도 한번 잡아볼 목적으로!
호 양	아니면 그냥 약속 잡기 편해서?

박 양   에이, 그냥 시간 때우러?

이 양   제각각 자신의 목적을 달성하기 위해 이 궁전다방을 찾
아오곤 합니다. 우린 생각합니다. 산업전선에서 열심히
고군분투하는 그들이 좌절하지 말고 힘내서 열심히 살
았으면 좋겠다고. 다방은 그렇게 서민들의 휴식처와 안
식처, 만남의 장소로 오래오래 지속되길 바란다고.

이양이 말하는 사이 모든 손님들 퇴장하고 전당포와 김양만
남는다.

이 양   그러던 어느 날! 첫 번째 이야기, 건달과 생수통!

이양, 퇴장한다.

1장. 건달과 생수통

전당포가 앉아서 김양과 수다를 떨고 있다. 전당포의 겨드랑이가 흥건히 젖어있다.

전당포 김양아.

김 양 사장님 설탕 다섯 개 맞지?

전당포 달게.

전당포, 김양의 어깨에 손을 올린다.

김 양 아 뭐야.

전당포 흐흐, 김양아 내가 어제 손금을 봤는데 봐줄게.

김 양 응, 사장님 오래 살지?

전당포 그럼, 난 오래 살지. 김양아 내가 손금 봐줄까?

김 양 (자리 반대로 옮기며) 아니.

전당포 김양아, 넌 바다가 좋아? 산이 좋아?

김 양 음, 나는…

전당포 아직 대답하지 마. 하나, 둘, 셋 하면 동시에 대답하는 거야. 알겠지?

김 양 알았어.

전당포 하나, 둘, 셋!

김 양　(동시에) 바다!

전당포　(동시에) 산!

잠시 당황하는 전당포.

전당포　하하하! 우리 김양이 바다를 좋아하는구나? 김양아, 나는 그렇게 생각해. 우린 아직 점점 닮아가는 과정 속에 있다고. 그럼 하나만 더 해 볼까? 짬뽕이 좋아? 짜장면이 좋아? 자, 하나, 둘, 셋! (동시에) 짬…

김 양　(동시에) 짜장면!

전당포　(짬뽕이라고 하려다) 짬…짜면!

김 양　뭐야?

전당포　짬짜면 몰라? 짬뽕이랑 짜장면이랑 반씩 있는 거.

김 양　둘 중 하나만 해야죠! 짬뽕 할라고 그랬지?

전당포　우린 서로 다른 매력에 조금씩 끌리고 있는 게 틀림없어. 사랑이라는 게 참 그런 것 같아. 그래 난 짬뽕을 좋아했지. 그런데 널 알고 난 후 왠지 짬짜면이 좋아지기 시작한 거야. 조금 있으면 금방 짜장면이 좋아질걸. 이것만 봐도 난 너로 인해 조금씩 변해가고 있다 이 말이지…

전당포, 삐삐 울린다.

김 양　삐삐 왔어요.

전당포　　아니. 지금 나에게 삐삐 따위는 중요하지 않아.

김 양　　사모님한테 또 혼나지 말고 빨리 확인 해봐요. 여기로
　　　　　　전화 오면 어쩌려구.

전당포　　알았어.

전당포, 삐삐 확인하고는 카운터로 전화하러 간다.

김 양　　사모님이지?

전당포　　에헴.

전당포, 전화 거는데 박양과 흐양 들어온다.

박 양　　다녀왔어요. (전당포를 보고) 어머, 사장님! 나 안 그래도
　　　　　　전당포에 물건 맡길 거 있는데…

전당포　　(통화) 어! 여보! 나 잠깐 출장 나왔어. 그게 어디냐면…

김 양　　박양아! 쉿!

박 양　　아아, 사모님한테 전화하는 중이시구나.

김 양　　참, 어떻게 됐어? 영남씨 찾았어?

박 양　　아니. 주소대로 가봤더니 재개발 한다고 싹 허물고 공
　　　　　　사중이더라구요.

김 양　　그래? 그럼 이제 어떡해?

박 양　　아무래도 심부름센터 같은데 맡기는 게 나을 거 같아요.

김 양　　그래. 돈은 좀 들어도 헛고생은 덜 할 거 아냐. 흐양아,
　　　　　　그렇게 하자.

호 양　(울먹이며) 도대체 어디로 갔는지 모르겠어요. 번호도 바
꿔고 주소도 바뀌고… 친구들도 모른다고 하고… 영남
씨, 일부러 저 피하는 건 아니겠죠?

김 양　모르지. 우리야 뭐 영남씬지 호남씬지 그놈이 어떤 놈
인지 본 적도 없으니… 그런데 친구들도 모른다고 하는
건 좀 그렇다. 작정하고 숨으려고 하는 거 아니면 친구
들이 모를 리가 있나?

호 양　(버럭) 그런 거 아니에요! 영남씨는 절 사랑한다구요!

전화 통화하던 전당포, 깜짝 놀라며 수화기에 대고 말한다.

전당포　아니, 여보! 그게 날 사랑한다는 게 아니고… 모르는 여
자야. 갑자기 길에서 왜 소릴 지르고 지랄인지 모르겠
네. 여기? 여기 시장이야! 시장!

전당포, 아가씨들한테 도와달라고 손짓한다.

김 양　(마지못해) 골라골라골라! 단돈 오천 원. 아, 싸다. 싸다.

박 양　오징어 사세요. 오징어! 마른 오징어가 한 묶음에 이
천 원!

김 양　어딜 만져요!

박 양　사장님 이거 얼마예요?

호 양　(울먹이며) 오늘 장사 안 해요!

전당포　들려? 그치? 그렇다니깐. 하하. 알았어. 이따 들어갈 때

붕어빵 사갈게. 응. 끊어.

전당포, 전화 끊고 손수건을 꺼내어 겨드랑이 땀 닦으며 자리
로 돌아온다.

김 양 사모님한테 안 걸렸어요?

전당포 뭐? 걸리긴 뭘 걸려! 지가 뭐 알면 어쩔 건데? 하하. 신
경 쓰지 마.

박 양 아이고 그때도 그렇게 큰소리치다가 붙잡혀서 소 끌려
가듯…

전당포 (말 돌리며) 어! 흐양! 왜 울어? 무슨 일 있어?

흐 양 아니에요. 아무것도.

전당포 울었는데 뭘!

김 양 사장님, 우리 흐양 오늘 좀 냅둬요.

전당포 왜?

박 양 흐양아, 저쪽에서 좀 쉬어.

흐 양 네.

흐양, 다른 테이블로 간다. 곧이어 전화벨 울린다.

박 양 네 궁전다방입니다. (기뻐하며) 수통오빠! 오늘요? 잠시
만요. (부엌 쪽 돌아보며) 한 통만 갖다주세요. 네 빨리 오
세요. (웃으며) 먼저 끊으세요. 네.

김 양 오늘 수통씨 오신대?

박 양　네, 언니. 수통오빠 너무 멋있지 않아요? 키도 크고 눈썹도 진하고 피부도 까무잡잡해서 완전 제 스타일이에요.

김 양　난 잘 모르겠던데. 근데 동굴목소리 그건 좋더라.

박 양　성대에 꿀 발라봤나 봐요.

전당포　(낮은 음성) 음 아아 이런 거?

박 양　아니요. (주머니에서 목걸이 꺼내며) 사장님, 이 목걸이 맡기면 얼마나 쳐줄 수 있어요?

전당포　(목걸이 보며) 어디 보자.

김 양　왜? 돈 필요해?

박 양　저 다음 학기 등록금 부족해서요.

김 양　그래도 이거 아끼는 목걸이잖아.

박 양　빨리 돈 벌어서 찾으면 되죠. 뭐.

전당포　어디 보자 목걸이 보자. 많이 쳐줘야 20만 원쯤?

박 양　어머, 이거 진짜 사파이어에요. 비싼 건데 그거 밖에 안 돼요?

김 양　그래요. 부모님이 물려주신 거래요. 좀 더 쳐줘요.

전당포　허허 참, 이거 곤란한데.

박 양　조금만 더요. (애교) 사장님. 네? 네?

전당포　에이, 그래! 뭐 우리 박양 하루 이틀 본 사이도 아닌데! 30에 해줄게!

박 양　감사합니다! 사장님 최고! 이따 전당포로 가지고 갈게요. 커피 다 드셨네 서비스로 따끈따끈한 율무차 한 잔?

전당포　땡큐! 김양아, 요번 주 주말에 뭐해?

김 양   나 일하지.

전당포   속초로 바다나 보러갈까?

김 양   어, 나 바빠. 돈 벌어야지.

박양은 주방으로 가고 전당포는 김양이랑 다시 수다를 떠는 데 건달, 선물포장을 한손에 들고 등장한다.

흐 양   어서오… (건달을 보고) 김양 언니!

김양, 건달을 보고 표정 굳는다. 건달은 김양과 전당포 앞으 로 다가간다.

전당포   뭐야? 당신 뭐야?

건 달   (전당포에게) 어이, 나 김양한테 볼 일 있으니까 자리 좀 비켜주쇼.

전당포   뭐? 어이? 허허 참내! 떽! 젊은 친구가 어른한테 그러면 쓰나? 거, 나보다 나이도 한참이나 어린 것 같은데… (건달이 험상궂게 노려보자) 이쪽에 앉으시죠. (삐삐를 보 며) 아이쿠, 맞다. 와이프가 붕어빵 사오랬지? 김양아, 흐양아 나 간다잉!

전당포, 황급히 나간다.

박 양   어머, 사장님! 율무차 드시고…

전당포   (급히) 아니야, 너 먹어.

건달, 전당포가 앉았던 자리에 앉고는 선물을 테이블 위에 올려놓는다. 슬쩍 눈길 주고는 다시 외면하는 김양. 박양은 흐양이 있던 테이블로 가서 김양과 건달을 주시한다.

김 양   이러지 마.
건 달   너 주려고 일부러 산 거야. 뜯어나 봐.
김 양   됐어. 필요 없어.
건 달   혹시 알아? 보면 마음 바뀔지?
김 양   이런다고 내가 달라질 거 같아?

김양, 일어서서 나가려는데 손목을 잡아채서 다시 자리에 앉힌다. 그러고는 선물포장지를 확 뜯어서 김양의 얼굴 앞에 내민다.

건 달   갖고 싶어 했잖아. 핸드폰.

박양과 흐양 동시에 외친다.

박양/흐양   핸드폰! (조용히 감탄) 우와!
김 양   니가 주는 거라면 다이아를 갖다 줘도 안 받아!
건 달   왜? 왜!
김 양   니가 싫으니까! 주먹 좀 쓴다고 똘마니들 끌고 다니며

폼 잡는 것도 싫고! 나이트에서 기도봐주면서 돈 받는 것도 싫고! 툭하면 술 마시고 욕하고 사람패고!

건 달 　김선영!

김 양 　내 이름 부르지 마. 너 같은 새끼가 부르라고 우리 아빠, 엄마가 지어주신 이름 아니니까.

멍하니 서 있는 건달. 그때, 생수통 들어온다.

생수통 　생수 왔습니다!

김양, 일어선다.

김 양 　어서 오세요.

건 달 　야, 앉아.

박 양 　(좋아라) 어머! 생수통 오빠! 저기 주방 쪽에 놓아주세요!

생수통 　네.

생수통, 생수를 들고 주방 쪽에 내려놓는다.
침묵을 깨고 건달이 무릎을 꿇고 말한다.

건 달 　내가 잘못했다. 우리 다시 시작하자. 나 지금도 널 사랑해. 네가 없는 난 단 하루도 살 수 없어. 난 널… 행복하게 해줄 수 있어 나 능력 있는 거 알지. 너뿐만이 아니라 네 아들까지도 내가 다 책임질게.

김 양   어쩌지? 난 널 더 이상 사랑하지 않는데.

건 달   남부럽지 않게 해줄게.

김 양   사랑하지 않는다고! 그리고 뭐? 우리 준영이도 행복하게 해준다고? 준영이가 뭘 좋아하는지 알긴 아니? 그깟 장난감 몇 개 사주고 놀이공원 몇 번 데려갔다고 준영이가 행복해 할 것 같니? 준영이한테 정말 필요한 게 뭔지는 아니? 꺼져. 역겨우니까.

생수통, 장부 꺼내서 박양에게 내민다.

생수통   여기 싸인 해주시면 됩니다.

박 양   네네. 여기요. 호호.

건 달   말 다했냐?

김 양   아니! 마지막으로 부탁하는데… 내 앞에 다신 나타나지 마. 제발.

건 달   너… 내가 이렇게까지 하는데 어떻게 나한테… 씨발 진짜.

김 양   뭐? 씨발?

건 달   그래. 씨발! 뭐? 뭐!

김 양   그렇지. 그게 너야. 니 본모습이 어디 가겠어? 그래서 넌 안 돼.

건 달   좆까 씨발! 다방에서 레지나 하는 주제에… 미친년이 좀 좋아해주니까 아주…

김양, 테이블에 있던 물컵의 물을 건달의 얼굴에 확 부어버린다.

김 양 당장 꺼져! 이 깡패새끼야! 내가 한 번 속지 두 번 속을 줄 알아? 꺼지라고! 이 쓰레기 같은 새끼야!

건달, 김양의 머리채를 잡아채고 김양을 때리려고 한다.

건 달 야, 너 요새 안 맞았더니 내가 누군지 까먹었지. 오냐오냐해주니까 이게.

김양과 흐양, 비명 지른다. 생수통, 달려들어 건달을 뒤에서 붙잡는다.

건 달 뭐야? 이거 안 놔? 씨발! 놓으라고!

생수통과 건달의 싸움으로 번진다.

흐 양 박양아, 경찰에 신고해. 빨리!
박 양 알았어요!

건달, 분에 못 이겨 웃통을 벗는다.
문신이 온몸에 있는데 문신도 엉성하고 몸매도 초라하다. 본인도 그걸 느꼈는지 다시 바로 웃옷을 입는다.

건 달	아오, 진짜 내가… 너 뭐야? 너 기둥서방이야? 니가 뭔데 끼어들어? 아무 상관없는 새끼는 빠지라고!
생수통	이 여자! 내 여자야!
건 달	뭐?
박 양	네?
흐 양	와우.
생수통	이 여자! 김선영! 내가 사랑하는 여자라고!

건달 실실 쪼갠다.

건 달	와. 이게 지금… 어이가 없네. 선영아. 진짜냐? 그새 이 새끼랑 눈 맞은 거야? 어? 아하, 그래서 그랬구나? 이년 이거 완전 걸레 같은 년이네.
생수통	뭐?
건 달	왜? 뭐 씨발. 너 내가 누군지 알아?
생수통	누군데?
박 양	(통화) 거기 경찰서죠? 여기 궁전다방인데요.
건 달	나 수유리파 쌍방울이야!
박 양	(통화) 여기 수유리파 쌍방울이 행패를 부리고 있어요!
건 달	(박양에게) 너 전화 안 끊어?
박 양	빨리 와주세요! (재빨리 끊는다)
건 달	이 쌍년들! (품속에서 칼 꺼내며) 오늘 다 죽여 버린다.
흐 양	꺅!
생수통	어이, 쌍방울! 너 수유리파였어?

건 달　왜? 어디서 들어는 봤냐?

생수통, 카세트기로 걸어가서 음악 튼다.

건 달　너 뭐해.

생수통　음악 틀어.

영웅본색 ost 흐른다.

생수통　너 서초동파 알지?

건 달　서초동파? 알지.

생수통　그럼 서초동파 생수통도 알겠네.

건 달　생수통? 전설의 생수통?

생수통　전설의 생수통이라. 그렇게 부르는구나.

건 달　근데? 그게 뭔 상관…

생수통　그게 나야.

건 달　(깜짝 놀라) 1989년! 강남 스탠드빠 조폭사건 때 약관의 나이로 혼자서 10명을 때려눕혔다는 전설의 생수통이 너라고? 이럴 수가! 몰라봐서 죄송합니다! (돌변) 라고 할 줄 알았냐? 생수 들고 생수 왔어요 하면 다 생수통이냐? 뭐 그럼 내가 생수 들고 오면 내가 생수통이냐? 이건 뭐 개나 소나 다 생수통이래. 덤벼 봐. 새끼야. 니가 진짜 생수통인지 아닌지는 붙어보면 바로 뽀록날 테니까! 만약 너 생수통 아니면 오늘 제삿날 되는 거야.

29

알겠나?

건달, 생수통에게 덤빈다.
단숨에 팔을 꺾어 제압하는 생수통.

건 달　아! 놔! 안 놔?

생수통, 건달을 놓아준다. 다시 덤비는 건달과 생수통의 격투.
건달 쓰러진다.

건 달　음악 끼! 어쭈! 싸움 좀 하네? 하지만 니가 진짜 생수통
　　　　일 리는 없지. 생수통은 그 사건 때문에 경찰의 수사망
　　　　을 피해 홍콩으로 도망갔거든. 하하.

생수통　작년에 다시 들어왔어. 소문나면 여기저기서 귀찮게
　　　　할까봐 혼자 조용히 들어왔지. 참, 휘발유 형님은 잘
　　　　계시나?

건 달　(걱정스럽게) 아유, 간경화 증세가 악화되셔서 요즘 어
　　　　찌나 힘들어하시는지… (정신 차리고 돌변) 그건 왜 물
　　　　어! 휘발유 형님을 안다고 네가 생수통이란 증거는
　　　　없어! (갑자기) 잠깐만. **삐삐**. (삐삐 꺼내 확인하는 척) 뭐?
　　　　828253? 빨리빨리 가야겠네. 너 오늘 운 좋은 줄 알
　　　　아라.

생수통　삐삐 온 거 맞아?

건 달　그래. 이거 광역삐삐라서 지하에서도 굉장히 잘 터져.

생수통　아무 소리도 안 났는데?

건　달　진동으로 해놨어!

생수통　삐삐 쳐봐. 맞나 확인해보게.

건　달　(화제 돌리려는 듯 소란스럽게) 아 맞다! 맞다! 맞다! (김양에게) 너 그 핸드폰 내놔.

　　　　김양, 핸드폰을 건네주는 듯싶더니 바닥에 떨어뜨린다.
　　　　핸드폰 깨진다.

건　달　어? 내 핸드폰.

김　양　(부서진 핸드폰을 건달한테 던지며) 여기. 됐냐?

건　달　액정 깨졌잖아 나도 아직 삐삐 쓰는데… 그리고 너 생수통! 아니, 생수통 사칭하는 새끼! 다음에 걸리면 죽을 줄 알아!

　　　　건달, 퇴장한다.

흐　양　(멀리 내다보며) 갔어요. 저 새끼, 쫄아서 간 거예요. 진동 안 왔어요.

박　양　생수통 오빠! 어디 다친 데 없어요? 웬일이야 정말.

흐　양　괜찮으세요?

생수통　네. 괜찮습니다.

김　양　(박양에게) 진짜 경찰에 전화한 거야?

흐　양　아니지. 쇼한 거지. 딱 봐도 보이는데.

박 양 역시 우리 흐양 눈치 빨라.

김 양 마담언니한테는 비밀로 해줘. 괜히 걱정하실라.

박 양 (생수통에게) 근데 오빠, 진짜 조폭이었어? 뭐? 서초동파 생수통? 진짜 오빠예요?

생수통 아니에요. 어디서 주워들은 얘기예요. 그런 사람이 있 었다고.

박 양 그렇죠? 이렇게 반듯하고 매너 좋은 분을 그런 조폭들 이랑 비교하다니! 죄송해요.

김 양 박양아, 마담언니 곧 오시겠다. 음악 틀고 장사 준비 하자.

박 양 네네.

박양, 카운터로 음악을 고르러 간다.

흐 양 신나는 거, 쿨 듣자. 쿨!

박 양 오케이! 생수통 오빠, 잠깐 앉아서 커피 한잔 하고 가 요.

흐 양 제가 타 드릴게요.

생수통 아니, 또 다음 배달이…

흐 양 앉으세요!

흐양, 생수통을 강제로 앉히고 주방으로 간다.
생수통, 김양과 마주앉게 된다.

김 양 저… 감사합니다.

생수통 아닙니다. 괜찮으세요.

김 양 네.

박 양 아까 진짜 멋있었어요. (흉내) 이 여자, 김선영! 내가 사랑하는 여자라고! 꺄아!

흐 양 순간적으로 나 진짜라고 믿었잖아. 어우, 지금도 설레어. 콩닥콩닥.

박 양 오빠, 순발력 진짜 좋으시다. 어떻게 바로 그 순간에 딱…

생수통 진짭니다.

김 양 네?

생수통 진심입니다. 저 진짜로 선영씨 좋아해요.

흐 양 에이.

박 양 장난치지 마세요. 수통 오빠…

생수통 아니요. 장난 아닙니다. 곧 정식으로 고백하려 했는데… 이제 더 이상 제 마음 숨기고 싶지 않습니다. 작년에 생수통 배달을 시작하면서 선영씨를 처음 보고 단 한순간도 제 머리 속에서 떠난 적이 없습니다. 더 이상 혼자 끙끙대기 싫습니다. 제가 행복하게 해드리겠습니다. 저 선영씨 사랑합니다.

모두 그 자리에 굳어버린다. 동시에 박양이 고른 음악이 흘러나온다.

쿨의 〈작은 기다림〉

박 양   젠장.

이양이 등장해 관객에게 말하는 동안 모두 퇴장한다.

이 양   그렇게 누군가는 새로운 사랑을 시작했고, 누군가는 사
랑을 놓쳐버렸습니다. 궁전나라 김공주가 생수나라 생
왕자님을 드디어 만나게 된 거죠. 좋겠다! 연애 밭에 퐁
당 빠져버렸네. 아, 누구는 연애 한번 하기도 힘든데 이
렇게 잘 사귀는 사람들, 주위에 꼭 있어. 그죠? 저요?
저도 연애 몇 번 해봤어요. 진짜예요. 제 얘기 해드려
요? 두 번째 이야기, 병장과 이등병.

2장. 병장과 이등병

마담이 등장한다.

차마담 이양아. 너 혼자서 뭐하니. 불꺼놓고.

이 양 불이요?

차마담 불 켜! 가뜩이나 지하라 답답해 죽겠는데 불꺼놓고 뭐
하는 거야. 천장에서 자꾸 물소리도 나고 짜증나 죽겠
는데!

이 양 아니에요. 그게 아니라 금붕어 먹이주고 있었어요.

차마담, 객석 쪽으로 다가와 관객을 바라본다.

차마담 (관객을 보고 흐뭇한 표정 지으며) 이 녀석들 많이 컸지?
이쪽 벽을 어항으로 가득 채우길 잘했어. 얘네가 있으
니까 다방이 고급스러워 보이잖아. 그렇지?

이 양 네, 궁에 가면 잉어들 막 있잖아요. 그런 거 같아요.

차마담 어머, 그러네. (금붕어 먹이 뿌리는 시늉) 자, 많이 먹고 무
럭무럭 자라라!

이 양 언니, 그런데 일찍 오셨네요?

차마담 길게 들을 것도 없더라고.

이 양 담임이 왜 보자는 건데요? 연희가 또 사고 쳤어요?

차마담 아니, 진학상담. 이러다 대학 못 간다고. 차라리 미용기술이나 제빵기술 이런 거 배워보는 게 어떠냐고 그러더라.

이 양 좋죠! 그런 자격증 하나 있으면 먹고 살 순 있잖아요. 그럼 우리 다방도 빵 팔 수 있는건가. 바쁘겠는데.

차마담 이양아, 장난하니? 그래도 시도는 해봐야지. 지금 아니면 언제 또 이렇게 공부하겠어? 안되겠다. 강제로 시키는 수밖에.

이 양 지금까지도 안한 공부를 이제 시킨다고 하겠어요?

차마담 그래, 그러면 되겠다!

이 양 뭐가?

차마담 박양이 대학생이잖아. 박양한테 우리 연희가 좀 가르치라고 하면 되겠네!

이 양 언니! 박양이 학교 다니면서 일하는 것도 힘들어하는데 연희까지 가르치라고? 그리고! 여기서 일끝나면 밤 9신데 언제 가르쳐?

차마담 여기서 낮에 손님 없을 때 틈틈이 가르치면 되지!

이 양 여기서?

차마담 내가 사장인데 안 될 게 뭐 있어!

그때, 흐양이 울먹이며 들어온다. 한 손에 커피 보자기를 들고.

이 양 흐양아, 너 왜 그래?

차마담　무슨 일 있었어?

흐 양　(서툰 한국말로) 배달시킨 군인이 티켓 끊어달라고…

차마담　뭐? 이 쌍놈의 새끼! 내가 노래방으로 배달시킬 때부터 왠지 꺼림칙하다 했어! 그래서 뭐라고 했어?

흐 양　우린 그런 거, 안한다고 얘기했는데도 계속…

이 양　계속 엉겨 붙어?

흐 양　껴안고 뽀뽀하려고 그래서 밀치고 겨우 도망 나왔어요.

차마담　그 새끼, 어디 있어? 노래방? 새파랗게 어린놈들이 누나들을 희롱하고 말이야. 못된 것만 배워가지고…

모두 멈춘다.

이 양　(관객에게) 네, 그렇습니다. 90년대 들어서서 첨단 인테리어로 무장한 커피숍들이 생겨나면서 다방은 도심의 변두리와 중소도시 농어촌 지역을 전전하게 됩니다. 결국 일부 다방들은 살기 위한 몸부림으로 '티켓다방'이란 퇴폐화의 길을 걷게 되기도 하구요. 우리 궁전다방도 변두리로 밀려나긴 했지만 마담언니는 굳건히 다방의 정통성을 지키겠다고 다짐을 하고…

모두 다시 움직인다.

차마담　흐양아, 앞장 서!

이 양　우리 마담언니 또 흥분했다.

흐 양　언니! 전 괜찮아요. 참으세요.

차마담　됐어. 말리지 마.

그때, 병장 계급장을 단 군인이 등장한다.

차마담　깜짝이야. (병장을 보고) 오, 너냐? 네가 우리 흐양을 희롱했냐?

병 장　희롱이요?

차마담　(멱살을 잡고) 그래, 이 자식아! 여기가 어디라고 따라 들어와?

병 장　왜이래요 아줌마.

차마담　아줌마?

흐 양　언니, 이 사람 아니에요.

차마담　아니긴 뭐가 아니야!

이 양　(병장을 알아보고 마담에게) 심병장이네. 자주 왔었잖아. 언니, 기억 안 나?

차마담　환영합니다. 기억나요. 이양아 안내해드려.

이 양　네에! 심병장. 이쪽으로 와.

병장, 이양과 함께 테이블에 앉는다.

이 양　뭐 마실래?

병 장　저, 커피 한잔 주세요. 다방커피.

흐 양　제가 타드릴게요. 언니는?

이　양　(병장에게) 나도 사줄 거지?

병　장　그럼요.

이　양　난 홍차.

흐　양　커피 하나 홍차 둘 접수.

병　장　네?

흐　양　나도 먹자 새끼야.

흐양, 주방에서 커피랑 홍차를 준비한다.

병　장　뭐야.

이　양　(말리는 듯) 한국말이 서툴러서 그래. 혼자 왔어?

병　장　아니요. 한명 더 올 거예요. 휴가 복귀하는 길이에요.

이　양　아하, 같이 복귀하기로 했구나?

병　장　예, 짜증나요. 제 부사순데, 이등병이라서 복귀 안할지도 모른다고 같이 들어 오래잖아요.

이　양　무슨 휴가?

병　장　말년휴가요. 저 다음 주에 제대해요. 저번에 말했는데.

이　양　어머, 정말? 와, 축하해. 좋겠다!

병　장　그래서 제 부사수한테 요즘 인수인계하는 중인데, 이 새끼, 얼마 전에 입대해서 완전 어리버리 골통이에요. 아, 그 새끼 때문에 요즘 골치 아파 죽겠어요. 곧 올 거예요.

이　양　어떻게 골통인데?

병　장　유학 갔다 온답시고 늦게 입대해서 나이는 엄청 많은데

말귀를 못 알아듣는 거예요. 제가 군수과잖아요. 워드 치는 것도 독수리 타법에, 한참 설명해도 "잘 못 들었습니다!", "잘 못 들었습니다!" 아유, 진짜 완전 고문관이에요. 고문관.

이 양   고문관?

병 장   아, 왜 그 있잖아요. 문제사병.

이 양   몇 살인데?

병 장   스물일곱인가?

이 양   나랑 동갑이네. 늦게 들어가서 힘들겠다.

병 장   근데 누나, 전에도 생각한 건데 누나 진짜 동안인 거 같아요. 어디가면 어려 보인단 말 많이 듣죠?

이 양   뭐, 좀…

병 장   남자친구 아직 없어요?

이 양   없어.

병 장   그럼 나랑 사귈래요?

이 양   뭐?

병 장   나 제대하면 바로 복학해서 1년만 다니면 졸업해요. 우리 아버지가 사업하시는 거, 제가 물려받는다고 말했죠? 저랑 사귀면 누나 이런 데서 일안하고 평생 놀고먹게 해드릴게요. 어때요?

이 양   야, 나 연하랑은 안 사귀어. 너 지금 몇 살이지?

병 장   스물셋이요.

이 양   네 살 차이나 나네. 내가 너무 많아. 안 돼.

병 장   네 살 차이가 뭐가 많아요. 나, 위로 여덟 살까지 사귀어 봤는데!

이 양 아 됐어. 복학하면 어리고 예쁜 후배들 많을 텐데 걔네
랑 놀아.

병 장 아 싫어요. 누나가 완전 제 스타일이란 말이에요.

흐양, 커피랑 홍차 가지고 온다.

흐 양 커피 나왔습니다.

이 양 고마워. 아, 얘 어떠니? 스물다섯인데. 예쁘지?

병 장 아, 누나. 진짜 이럴 거예요? (얼굴보고 코웃음) 아니잖
아요.

흐 양 (서툰 말로) 나도 너 싫어 새끼야. 못 생긴 게.

흐양, 홱 돌아서서 간다.

이 양 하하.

병 장 뭐야.

여고생, 교복을 입고 가방을 들고 들어온다. 한쪽 볼에 반창
고를 했다.

여고생 나 왔어.

차마담 너 이 시간에 왜 와? 또 땡땡이 쳤어? (여고생의 얼굴을
보고) 너 얼굴 왜 이래?

여고생	괜찮아. 체육시간에 놀다가 살짝 긁혔어.
차마담	살짝 긁힌 정도가 아닌 거 같은데? 봐봐.
여고생	괜찮다니까.
차마담	너 또 싸웠냐? 넌 무슨 여자애가 허구한 날 싸움질이야?
여고생	나, 물이나 한 잔 줘.
흐 양	내가 줄게요.
차마담	아이고, 내가 못 살아 증말. 아까 니네 담임선생님 만났다.
여고생	왜?
차마담	너 이러다 대학 못 간대.
여고생	그까짓 대학 안가면 그만이지.
차마담	그럼 뭐할 건데.
여고생	엄마 나 말할 거 있어.
차마담	뭔데?
여고생	나 이종격투기 배워.
차마담	뭐? 이종 뭐?
흐 양	우와.
여고생	이종격투기. 배운 지 2주 됐어. 수강료는 내가 알아서 낼 테니까 말리지 마.
차마담	이종… 그게 뭐냐?
이 양	치고 박고 싸우는 거 있어요. 복싱 같은 건데 발로 차고 꺾고…
차마담	너 그럼 그거 하다가 얼굴 그런 거야?

여고생　　나 소질 있대. 웬만한 남자들보다 잘한대.

차마담　　환장하겠네.

여고생　　엄만 꿈이 뭐였어? 다방 마담이 꿈이었어?

차마담　　몰라 이년아. 갑자기 웬 꿈타령이야?

여고생　　나도 내 인생이 있어. 내 인생을 위해 내가 하고 싶은 거 선택할 수 있는 나이라구.

차마담　　치고 박고 싸우는 게 꿈이야? 그거해서 먹고 살 수나 있어?

여고생　　엄마. 사람이 먹고 살기 위해 사는 거라면 산다는 게 무슨 의미가 있어? 개, 돼지랑 다를 게 뭐가 있냐구.

차마담　　제대로 먹고 살지도 못하면 개, 돼지 되는 거야. 맹추야.

여고생　　돈은 먹고 살만큼만 벌면 돼. 그 정도는 뭘 해도 벌 수 있어. 그리고 이종격투기 선수되면 경기 한 번 할 때마다 출전료 나와.

차마담　　그럼 일단 대학 가. 대학 가면 네가 뭘 하든지 안 말릴게.

여고생　　좋아. 그럼 내가 가고 싶은 과 갈게.

차마담　　무슨 과.

여고생　　이종격투기학과.

차마담　　그런 과가 있어?

여고생　　있어.

차마담　　미치겠네.

여고생　　됐지? 얘기 끝.

여고생, 퇴장한다. 차마담 따라 나가며.

차마담 야, 너 이리 안 와? 난 얘기 안 끝났어! 이연희!

이 양 에휴, 우리 마담 언니 속 좀 끓겠네. 흐양아, 오늘 조심
해라. 고래싸움에 새우등 터질라.

흐 양 오케바리.

이 양 저넌 저거 한국인 다 됐네. 오케바리는 콩클리쉬 아냐?

흐 양 모르겠는디요.

이 양 아쭈. 사투리까지.

병 장 누나.

이 양 응?

병 장 누난 꿈이 뭐였어요?

이 양 갑자기 꿈은 왜 물어?

병 장 고삐리 여자애가 꿈 얘길 하길래.

이 양 나는… (씁쓸한 듯) 내 꿈이 뭐였더라.

병 장 멋진 남자 만나서 시집가는 거?

이 양 아니. 난… 배우가 되고 싶었지.

병 장 와, 잘 어울려요. 누난 연예인처럼 예쁘니까.

이 양 고맙다.

병 장 그러고 보니 누구 닮은 거 같은데?

이 양 누구?

병 장 글쎄요. 아, 그 왜… 아… 이름이 생각 안 나네. 요즘 티
비 나오고 생머린데.

이 양 김희선?

병 장 아니에요. 아 이름이 생각이 안 나네.

이 양 그런 소리 가끔 들어. 누구 닮았다. 누구 닮았다. 그럼 뭐해. 지금은 다 포기했는데.

병 장 왜요?

이 양 사기 당했거든. 연예기획사에서 데뷔시켜준다고 돈 가져오라고 해서 갖다 줬더니 들고튀었어. 부모님이 뼈빠지게 벌어서 모아 주신 건데.

병 장 아, 그랬구나.

이 양 그 바람에 우리 집 말아먹고, 엄마 돌아가시고, 첫사랑이랑 헤어지고… 생각하기도 싫다.

병 장 그게 몇 살 땐데요?

이 양 스무 살 때.

병 장 누나.

이 양 응?

병 장 우리 삼촌이 그쪽에 있는데 소개시켜줄까요?

이 양 됐다. 이 나이에 무슨.

병 장 왜요? 아직 창창한데.

이 양 니 걱정이나 해. 넌 아버지 사업 물려받는다고?

병 장 네.

이 양 그럼 원래 꿈이 사업가였어?

병 장 아니요. 전 꿈같은 거 없어요.

이 양 왜?

병 장 이 나라에서 꿈은 무슨. 그냥 적당히 먹고 살면 되는 거죠. 아, 있다. 초등학교 다닐 때, 임대업자 되는 게 꿈이었어요.

이 양 　임대업자?

병 장 　네. 땅이랑 건물 많이 갖고 임대업으로 먹고 사는 거죠. 월세 꼬박꼬박 들어오잖아요. 일 안하고 그냥 가만히 앉아서 놀고먹는 거죠.

이 양 　초등학생 꿈이 임대업이라니. 아이구야.

병 장 　그런데 지금은 새로운 꿈을 꾸고 있어요.

이 양 　뭔데?

병 장 　누나랑 결혼하는 거요.

이 양 　잘 나불대네. 멘트 쩐다. 쩔어.

병 장 　우와, 손님한테 나불댄다니! 여기 서비스가 엉망이네.

이 양 　너 나이트 가서 여자 이런 식으로 꼬시지?

병 장 　누나, 나 인기 장난 아니에요. 나이트 가서 룸에 앉아 있으면 여자애들 진짜 줄서요.

이 양 　그럼 걔네랑 놀아.

병 장 　그런 애들 열 트럭 갖다 줘도 누나랑 안 바꿔. 진짜에요!

여고생 들어오고 차마담 따라서 들어온다.

여고생 　딱 5분만이야!

차마담 　알았어. 흐양아, 나 시원한 냉커피 한잔 줘.

흐 양 　네.

여고생 　난 아이스티.

흐양, 커피 타러 가려는데. 이양이 일어서며.

이 양   내가 도와줄게. (병장에게) 잠깐만.

병장도 벌떡 일어난다.

병 장   누나 나 싫어요?
차마담   뭐?
병 장   좋아. 그럼 나랑 한 달만 사귀자!
여고생   얼쑤.
이 양   (차마담에게) 얘, 장난치는 거예요. 신경 쓰지 마세요. 호호.
병 장   나 장난 아니에요. 아직도 모르겠어요? 내가 왜 외출, 휴가 때마다 여기 오는지? 나, 누나 사랑해요.
차마담   아이쿠야.
여고생   난리 났네.

이등병, 두리번거리며 들어온다. 흐양이 인사하는데.

흐 양   어서오…

이등병, 병장을 보고 큰 소리로 경례한다.

이등병   충성!

차마담　어우, 시끄러! 여기선 조용히 좀 해!

병　장　조용히 해 새끼야. 일루 와.

이등병, 병장 쪽으로 오는데 이양을 보고 멈칫한다. 이양, 이 등병을 보고 깜짝 놀라 멍하니 바라본다.

병　장　뭐해? 앉아.

이등병　예, 알겠습니다!

이등병, 병장 옆에 앉는다.

병　장　얘예요. 아까 말한 그 고문관. 야 탈모.

이등병　탈모!

병　장　야 너 두발 정리 안하냐? 이등병이 병장보다 길어. 야 너 대답 안하냐?

이등병　이병! 박경태!

병　장　조용히 하라구. 아, 이 새끼, 눈치 진짜 없네. 밖에선 적 당히 하라니까.

이등병　(크게) 예! 알겠…

병　장　야.

이등병　(작게) 예, 알겠습니다.

병　장　너 여기는 처음 와 보지?

이등병　(작게) 예, 그렇습니다.

병　장　인사 해. 여기는 나랑 결혼할 형수님.

이등병	…
병 장	뭐해? 인사하라니까.
이등병	안녕하십니까.
병 장	어때요? 딱 보기에도 어리버리하죠? 내가 이 새끼 때문에 군수과장한테…
이 양	오랜만이네.

잠시 정적.

병 장	뭐야. 아는 사이에요?
이 양	심병장. 잠깐 자리 좀 비켜줄래?
병 장	뭐야. 어이없네. 이 새끼랑 어떻게 아는데요?
이 양	잠깐이면 돼.
병 장	(이등병 뒤통수를 치며) 야.
이등병	…
병 장	어쭈, 관등성명 안 대? (뒤통수 더 세게 치며) 야, 박경태!
이등병	(그제야) 이병, 박경태.
병 장	너 내 여자랑 어떻게 아는 사이야? 어?
이 양	내가 왜 네 여자야?
병 장	누나 잠깐만요. 야, 박경태.
이등병	…
병 장	(뒤통수 또 치며) 씨발! 대답 안 해?
이 양	(버럭) 좀 비켜달라고!
병 장	누나 지금 나한테 소리질렀… 아놔. 진짜.

병장, 나가려다 돌아서서.

병 장 누나, 나 누나한테 방금 프러포즈한 거 알죠? 나 아직 대답 못 들었는데. 아냐, 이따 다시 얘기해요.

병장, 어이없다는 듯 씩씩대며 군복주머니에서 담배 꺼내들고 나간다. 이양과 병장, 한동안 말이 없다.

이 양 여기서 이렇게 만나네. 7년만이지?

이등병 …

이 양 유학 가서 좋았어? 연락도 끊고 편지 답장도 안하고. 한 백 통은 보낸 거 같은데 읽어는 봤니?

이등병 여기서 일해?

이 양 왜? 이상해?

이등병 부모님은?

이 양 엄마는 그때 쓰러지셔서 몇 년 후에 돌아가시고 아버지는 지방에 계셔.

이등병 미안하다.

이 양 됐어. 그런 말 듣고 싶지 않아.

이등병 알잖아. 우리 부모님 반대 심했던 거. 나도 가기 싫었어.

이 양 가끔 그런 생각했어. 만약 내가 사기 안 당하고 배우로 잘 됐으면 너랑 어떻게 됐을까? 과연 네가 한마디 말도 없이, 어느 날 갑자기! 그렇게 미국으로 훌쩍 떠났을까?

이등병   그런 건 나한테 중요하지 않아.

이 양   넌 중요하지 않았을지 모르지만 너희 부모님은 중요했 겠지.

이등병   나도 힘들었어.

이 양   그렇게 너 갑자기 사라지고 내가 그동안 어떻게 살았는 지 알아?

이등병   나도 네 생각 많이 했어. 하지만…

이 양   그림 답장 한 통이라도 보냈어야지! 부모님이 아무리 반대하셨어도 그 정도는 할 수 있는 거 아니야?

이등병   난 네 편지 한 통도 읽지 못했어!

이 양   뭐?

이등병   부모님이 날 기숙사로 보냈어. 네가 집으로 편지를 보 냈다는 사실을 한참 후에야 알게 됐어. 그래서 그제야 답장을 보냈는데…

이 양   이사 갔지. 그게 언젠데… 아…

이등병   지금처럼 삐삐라도 있었으면 어떻게든 너랑 통화할 수 있었을 텐데… 연락할 방법이 없었어. 그래서 난… 너 도 날 잊었을 거라 생각하고…

병장, 들어온다.

병 장   (웃으며) 누나, 내가 담배 피다가 진짜 웃긴 생각났어. 들 어봐 봐. 둘이 커플인 거야 근데 근데 비운의 커플인 거 지 7년 만에 만나고 편지 엇갈리고 드라마처럼… (사이)

뭐야 진짜예요? 진짜 둘이 사귄 사이에요?

이 양 …

병 장 야, 박경태.

이등병 (작게) 이병 박경태.

병 장 관등성명 똑바로 안 대? 박경태.

이등병 (조금 크게) 이병 박경태.

병 장 더 크게 새끼야!

이등병 (악에 바쳐) 이병! 박경태!

병 장 너 지금 개기냐? 씨발놈아.

여고생 아 진짜 그만 좀 하시지!

병 장 고삐리 넌 뭐야?

차마담 내 딸이다! 이 새끼야!

병 장 (이등병에게) 야, 너 밖으로 나와. 너 오늘 뒤졌어.

이 양 우리 얘기 아직 안 끝났어.

병 장 우리? 아오! 야마도네 진짜! 이 고문관 새끼랑 진짜 그렇고 그런 사이였어?

이 양 이 새끼, 저 새끼 하지 마. 너보다 네 살이나 형이야!

병 장 여긴 군대야! 난 이 새끼, 사수라고! 지금 이 새끼 편드는 거야? 뭐, 둘이 떡이라도 쳤냐?

이등병, 병장의 멱살을 잡고 한 손을 번쩍 치켜들었다 멈춰서 부르르 떤다.

병 장 어쭈, 너 지금 미쳤냐? 이러다 한 대 치겠다? 쳐봐. 치면 어떻게 되는지 알지? 영창 가서 인생 조지는 거야.
쳐봐. 쳐보라고 이 븅신 새끼야!

갑자기 날라차기로 병장을 날려버리는 여고생.

여고생 난 영창 안 가도 되겠지? 난 민간인이니까.

병장, 비틀거리며 일어나 여고생에게 덤빈다.

병　장 이 고삐리년이 뒤질라고!

여고생, 병장의 주먹을 가볍게 피하고 그대로 카운터 펀치!
병장, 그대로 기절.

여고생 찌질하다. 사내새끼가. 얘기, 마저 하세요.

이양, 이등병에게 다가가 앞에 선다.

이　양 복귀 몇 시까지야?
이등병 여덟시.
이　양 아직 세 시간 남았네. 소주 한 잔 하자. 나와.

이양, 먼저 나가고 이등병, 차마담에게 인사 꾸벅 하더니 따
라 나선다.

차마담　재 퇴근 한 거니? 말도 없이?

여고생　엄마, 언니들한테 너무 오냐오냐 해주는 거 아냐?

차마담　(여고생의 머리끄덩이를 잡고) 너나 잘해 이년아!

여고생　아아! 아파!

차마담　너 이종격투긴지 삼종격투긴지 진짜 할 거야?

여고생　대학 가면 맘대로 하게 해 준다며? 이종격투기학과 가면 될 거 아냐! 5분 지났어.

여고생, 퇴장한다.

차마담　진짜 그린 과가 있어? 너 뻥치는 거지?

여고생　(밖에서) 아, 진짜 있어!

흐양, 관객에게 말한다.

흐 양　사랑은 흘러가는 구름 같은 것. 잡힐 듯 잡히지 않고 보일 듯 보이지 않는. 두 사람 보니까 난 그 사람이 또 생각났지 뭐야. 내 사랑, 영남씨! 영남씨도 분명 어딘가에 있을 텐데. 혹시 내가 그를 찾는 것처럼 그도 나를 찾고 있는 건 아닐까?

병 장　혹시 경남이나 경북 쪽에 있지 않을까요? 영남씨니까 경남 경북 …

흐 양　이 분위기 어쩔?

병 장　죄송합니다. 근데 누구한테 말하는 거예요?

호 양 금붕어들이요.

병 장 아하, 금붕어들이 말을 알아들어요?

호 양 깼으면 나가시죠.

병 장 예?

호 양 정신 차렸으면 꺼지라구.

병 장 아, 예. (나가면서 궁시렁) 내 역할이 완전 악역이라 참… 괜히 미움만 사구, 호응도 없구. 베트남여자한테 개무시당하구 진짜. 못 생긴 게.

호 양 야! 너 일루 와! 야!

병장, 퇴장한다.

호 양 (상냥하게) 아무튼, 얘들아. (금붕어에게 먹이 주는 시늉) 난 그렇단다. 영남씨를 믿어. 반드시! 이 연극이 끝나기 전에 꼭 만날 수 있을 거라고! 참, 근데 너희들, 마담언니 남편은 누군지 궁금하지 않니? (관객 중에 누가 대답하면) 어? 금붕어가 말을 하네? 환청인가? 그럼 지금부터 내가 마담언니 남편 얘기를 살짝 해줄게. 아주 살짝. 그게 이 연극의 세 번째 이야긴데 듣기 싫으면 바로 마지막 이야기로 넘어가고. 어떻게… 넘어가? 들어? (관객 또 말하면) 와, 금붕어가 떼로 말해. 자, 세 번째 이야기는 짧으니까 잘 들어 봐. 정말 짧아. 그러니까 2년 전에 있었던 일이지. 세 번째 이야기, 마담과 폐병쟁이.

3장. 마담과 폐병쟁이

폐병쟁이, 기침을 하며 등장한다. 콜록콜록!

흐 양 마담언니의 남편. 이름은 이순태. 시인. 담배를 엄청나
게 사랑하는 애연가. 손에서 담배가 떠날 날이 없음. 사
실, 실제로 계속 담배를 피우고 있어야 하나 요즘 세상
에 좁은 실내에서 담배를 피우는 깃은 관객 분들이 싫
어하시니 연기가 자욱하고 담배 쩐내가 이 극장을 가득
채우고 있다고 각자 상상하면서 봐주시길 바람. (냄새나
는 듯) 아우, 답답해. 연기. 콜록콜록.

폐병쟁이, 담배에 불도 안 붙이고 열심히 담배 피우는 연기를
한다.

흐 양 지금도 열심히 담배를 피우는 중.

흐양, 퇴장한다.
폐병쟁이, 기침도 하며 열심히 글을 쓰고 있다.

폐병쟁이 됐어! 드디어 완성했어! 나의 이백팔십 네 번째 시! 제
목 잃어버린 수업! 이 시를 통해 이 나라의 썩어빠진 교

육제도를 향해 날카로운 비판의 칼날을 들이대는 거야! 공교육 대신 사교육이 판을 치고! 선생들의 권위는 바닥까지 추락하고! 학교폭력! 왕따! 입시전쟁! 정답은 하나라고 가르치는 천편일률적인 교육! 이렇게 가다간 역사조차 자신의 안위를 걱정하고 포장하는 정치가들에 의해 하나의 사실로만 기록되고 기억되길 강요당하게 될 거야! 사람을 알고, 사람을 믿고, 사람을 사랑하기보다는 나만 잘 살면 된다. 이 경생에서 살아남아야 한다. 좋은 대학 가고 좋은 직장 취직해서 돈만 많이 벌면 성공한 인생이라는 가치관을 강제로 주입하는 이 나라의 교육제도! 정말 섬뜩하고 소름이 끼치지. 그래, 이제 이 시를 세상에 내놓는 거야. 백년의 역사를 관통하고 천년의 역사를 예견하는 위대한 역작이 탄생한 거야! 하하하하!

차마담, 등장한다.
자욱한 담배연기에 인상 쓰며 손을 휘젓는다.

차마담　담배 좀 밖에서 피라니까!
폐병쟁이　아니! 내 영감은 담배연기와 함께 하지. 니코틴이 나의 뇌를 돌게 하고, 내 심장을 요동치게 해. 담배 없인 못 살아. 정말 못 살아.
차마담　그럼 나 없인 살 수 있지?
폐병쟁이　그건 말 할 수 없어.

차마담 뭐야?

폐병쟁이 아니, 당신 없이도 못 살지. 당신은 내 생계를 책임져 주니까. 당신이 없다면 난 굶어죽게 될 거야. 콜록콜록!

차마담 내가 미친년이지. 하고 많은 남자 중에 왜 내가 폐병쟁이 시인을 택해서. 어휴, 속 터져 증말.

폐병쟁이 난 당신의 선택을 강요하지 않았어. 분명히 당신 스스로 날 선택했지.

차마담 그래! 시 읊으며 담배 피는 모습이 멋져보여서 그랬다! 그러니까 내가 미친년이지. 내 눈에 뭐가 씌어서 돌아 버린 거야. 내가.

폐병쟁이 연희는 자?

차마담 안 그래도 연희 문제로 상의할 게 있어.

폐병쟁이 뭔데?

차마담 연희가 인문계 고등학교 안 가겠대. 여상 가겠대. 여상!

폐병쟁이 잘됐군.

차마담 뭐가 잘 돼?

폐병쟁이 공부는 스스로 하는 거야. 자기 스스로 흥미 없으면 강요하지 말아야 해. 그건 지옥 속으로 자식을 떠미는 거나 마찬가지니까.

차마담 개소리 하지 말고! 아니 요즘 세상에 대학을 안 나오는 게 말이 돼?

폐병쟁이 그런 어리석은 부모들의 생각들이 이 나라 교육을 개판 으로 만든 거야. 알겠어? (시를 쓴 원고를 들고 흔들며) 이 게 뭔지 알아?

차마담 당신이 쓴 위대한 역작이겠지. 이백팔십 네 번째 시!

폐병쟁이 빙고! 무한경쟁을 요구하는 한국 사회에 대한 경고지. 아무리 인터넷이 발달하고 문명이 발달한다 해도 경쟁을 부추기는 각박한 사회분위기 속에서는 생존을 위해 저마다 할 일이 너무 많기 때문에 마음을 터놓고 대화할 상대가 적어지고 관계가 도구적으로 변할 수밖에 없어. 이 같은 사회관계망의 붕괴는 결국 개인의 삶의 질과 사회통합을 위협할 뿐이고! 내가 이러고 있을 때가 아니지. 당장 출판사에 가야겠어. (밖으로 나가려고 준비하며) 여보, 이 시만 발표되면… 어쩌면 더 이상 이 나라에서 추악한 꼴로 타락하지 않을 수도 있어. 그럼 이 나라의 진정한 봄이 오는 거지. 그리고 우리에게도 진정한 봄이 오겠지.

차마담 제발 그랬으면 좋겠네요.

폐병쟁이 당신은 여전히 귀여워. 나, 갔다 올게.

폐병쟁이 밖으로 향하는데.

차마담 제발 그만 좀 해! 도대체 그 시가 뭔데? 당신이 쓴 그 시 한편이 이 세상을 바꿀 수 있다고? 진짜 그렇게 생각해? 그게 뭐라고 날 이렇게 힘들게 하니?

폐병쟁이 (나가려다 돌아서서) 이 시는 아직 세상 밖으로 나오지 못한 우리의 아이들을 위한 시야. 밝음과 순수함을 간직하고 세상의 추악함에 물들지 않은 그들에게 이 시는 말하고 있지. 얘들아, 학교 안이 전쟁터라면 학교 밖은 지옥이란다. 너희들에게 인생의 목표는 경쟁이 아니라 성숙에 있음을 어떻게 말해줄 수 있을까. 그리고 마지막 구절에서 이렇게 말하지. 과연 이 꽃밭에서 피어나는 꽃들에게 희망이 있을까.

차마담 염병.

폐병쟁이, 차마담을 한번 스윽 쳐다보고는 묵묵히 퇴장한다. 흐양, 들어온다.

흐 양 염병. 그것이 마담언니가 자신의 남편에게 한 마지막 말이었지. 폐병쟁이 시인께서는 출판사로 가는 길에 교통사고로 돌아가셨거든. 세상을 바꿔보겠다는 신념으로 쓴, 이백팔십 네 번째 마지막 시가 적힌 원고를 손에 쥐고… 그렇게 그는 이 지옥 같은 세상을 떠난 거야. 마지막 네 번째 이야기. 왕자 따위 필요 없어.

4장. 왕자 따위 필요 없어

박양이 여고생에게 공부를 가르쳐주고 있다. 다른 테이블에선 전당포가 흑양과 대화를 하고 있다.

박 양 아니지. 그게 아니지! 여기서 이서를 빼고 이렇게, 이렇게… 모르겠어?

여고생 (끄덕끄덕)

박 양 안다고? 모른다고?

여고생 몰라.

박 양 미치겠네. 야, 너 고등학교 2학년이 이걸 모른다는 게 말이 돼? 이거 중2 수학이야.

여고생 나 중1때부터 공부 끊었다니깐.

박 양 이게 무슨 담배냐? 끊게?

여고생 수학 말고 다른 건 잘 할 수 있어.

박 양 그래도 절반은 맞춰야지. 10문제 중에 2개?

여고생 좀 풀어볼라고 하다 그런 거지!

박 양 그냥 찍어도 이거보단 낫겠다!

여고생 알았어. 그럼 수학은 그냥 찍는 걸로!

박 양 (버럭) 야!

전당포 (깜짝) 에헤이, 깜짝이야.

여고생 언니, 성질 좀 죽여. 내가 좀 부족하긴 하지만 그래도 이렇게까지 나한테 뭐라고 하는 건 좀 아닌 것 같아. 솔직히 말해서 난 언니가 상담 좀 받아봐야 된다고 생각해.

박 양　　무슨 상담?

여고생　　정신과 상담.

박양, 벌떡 일어나자 여고생 달아난다. 전당포 주위를 맴돌며 쫓고 쫓는다.

박 양　　너 거기 안 서?

여고생　　봐. 이거 봐! 성질이 이렇게 더러우니까 남친이 없지!

박 양　　너 이년, 잡히기만 해봐.

전당포　　아이구, 정신 사나워서 원! 지금 뭐하는 거야!

박양, 여고생 목덜미를 잡는다.

여고생　　아! 놔. 이거 놔라.

박 양　　잘 들어. 난 남친을 못 사귀는 게 아니라 안 사귀는 거야.

여고생　　뻥치시네. 왜? 왜?

박 양　　시끄러. 일루 앉아.

박양, 여고생을 자리에 앉힌다.

박 양　좋아. 수학은 접고 영어 해보자.

여고생　오 마이 갓!

박 양　영어책 꺼내.

　　　여고생, 하기 싫어 죽겠다는 표정으로 책가방을 뒤적거린다.

전당포　(박양에게) 박양아! 아니, 다방에서 뭔 놈의 공부야. 공부
　　　는! 분위기도 칙칙한데 신나는 뽕짝이나 한 곡 걸쭉하
　　　게…

박 양　(매섭게) 지금 공부하는 거 안 보여요?

전당포　아니, 보이긴 하는데… (주눅 들어서) 나도 눈 있어. 그게
　　　왜 안 보이겠어.

흐 양　사장님, 가만있으라니깐. 으이그.

　　　이양, 배달 다녀온다. 손에 보자기를 들고 있다. 이양의 표정
　　　이 어둡다.

박 양　언니 왔어? 근데 표정이 왜 그래?

여고생　(이양을 보고) 군인 남친이랑 또 싸웠겠지 뭐.

　　　이양, 의자에 털썩 앉아 울기 시작한다.

흐 양　언니, 왜 그래?

박 양　말해 봐. 무슨 일인데 그래?

흐 양	(이양에게 다가가) 언니, 경태씨 만나러 갔던 거 아냐?
이 양	위병소에 배달 갔는데… 글쎄, 경태씨가 이제 그만 오라고…
박 양	뭐? 왜?
이 양	자기 제대하면 또 미국으로 바로 가게 됐다고…
여고생	헉! 쓰레기네.
흐 양	이 시발새끼. 병장 달았다고 우리가 축하파티까지 해줬더니.
여고생	흐양언니, 욕 발음 좋다. 퍼펙.
흐 양	괜찮아? 니가 가르쳐준 대로.
여고생	(엄지 척) 나이샷.
흐 양	쌩큐.
여고생	웰컴 투 코리아.
박 양	아 시끄럽고, 물 한잔!
흐 양	네. 지송. (주방으로 간다)
여고생	(흐양한테 팔짱끼고 따라가며) 괜찮아. 괜찮아. 기죽지 마. (박양을 째려본다)
박 양	(이양에게) 언니, 그럼 경태 씨랑 헤어진 거야?
이 양	(고개 끄덕)

전당포가 위로라도 하려는 듯 다가온다.

전당포	이양아, 사랑은 원래 아픈 거야 아프고 아프다가 아름다워지는 거지. 다이아몬드도 처음에는…

박 양   사장님, 저희 오늘 장사 끝.

전당포   응?

박 양   (등 떠밀며) 오늘 일찍 닫는다구요. 흐양아, 간판 불 꺼.

흐 양   네네.

박 양   내일 또 오실 거죠? 출근도장 찍으시니까 뭐.

전당포   어? 그렇지 뭐. 나야 개근상감이지. 근데 나 계산도 안
           했는데…

박 양   어차피 외상 하실 거잖아요. 자, 그럼 안녕히 가세요.
           내일 봬요!

           전당포, 퇴장 당한다.

전당포   (밖에서 밝게) 고마워! 안녕! 씨유 투머로우!

박 양   (이양에게) 언니, 우리 술 마실래?

이 양   아니야. 술은 무슨.

여고생   그래, 다들 나가서 술이나 한 잔 하고 와. 나 혼자 조용
           히 공부하고 있을게.

박 양   됐거든? 너 공부안하고 놀 생각인 거 다 알아.

여고생   아냐.

박 양   가게 문 닫고 여기서 먹자. 언니, 괜찮지?

이 양   마담 언니는?

박 양   김양 언니랑 뭐 어디 갔다 온다고 나갔어. 곧 오겠네.
           오면 끼라고 하지. 뭐. 오랜만에 여자들끼리 한 잔! 오
           늘 내가 소맥 제대로… 아니다 양주 마시자. 양주마시

고 나이트 가서 부킹하고 박경태 그 새끼 다 잊어버리
자. 이 밤을 불태워버리는 거야! 어때 콜?

이 양   (고개 끄덕) 콜.

박 양   흐앙아, 족발 시켜.

호 양   옛썰!

김양이 한 손엔 소주가 든 봉지와 포장된 야채곱창 안주를
들고 등장한다.

김 양   잠깐! 족발보단 곱창이지!

여고생   우와! 곱창 콜!

박 양   이야, 타이밍 기가 막히네.

차마담도 따라서 등장한다. 한 손엔 케이크를 들었다.

차마담   자, 모두 모였지?

호 양   오셨어요?

차마담   (이양을 보고) 뭐야? 이양아, 너 울었니?

김 양   왜? 무슨 일 있어?

박 양   그게 어떻게 된 거냐면…

김 양   개새끼.

박 양   응?

김 양   그런 놈은 그냥 미국으로 가라고 해.

차마담   그래. 어찌 박경태 그 새끼 하는 짓이 그럴 거 같더라.

키도 쪼그만 게.

여고생 (케이크를 보고) 엄마, 그런데 그 케이크는 뭐야? 무슨 날
이야?

차마담 이거? 오늘… 환송회 한다. 박양아 술 좀 꺼내와.

호 향 환송회?

김 양 일단 자리 좀 만들어볼까요? 모두 테이블 가운데로!

모두 어리둥절해하며 테이블 이동한다.

호 양 저기… 족발 시킬까요?

김 양 내가 곱창 싸 왔어.

박 양 그래, 소주엔 곱창이지!

호 양 네. 난 족발이 더 좋은데.

차마담 시끄럽고! 자, 모두 앉고 일단 다들 한잔씩 하자. 연희
는 콜라마시고!

모두 잔 채운다.

차마담 다 같이 원 샷!

모두 어리둥절한 상태로 원 샷 한다.

여고생 엄마, 이제 말해 봐. 누구 환송회야? 엄마 어디가?

차마담 이년아, 널 두고 내가 어딜 가냐? 음, 선영이 이번 주까

지만 일하기로 했어.

박 양   네?

흐 양   왜요?

이 양   언니, 다른 일자리 구했어?

김 양   그게 아니고… 나 이민 가. 다음 주에.

여고생   이민?

흐 양   이민이 뭐예요?

박 양   다른 나라로 가서 사는 거.

이 양   어디로?

모두 김양을 주시한다.

김 양   가나.

여고생   가나? 가나가 어디야?

박 양   아프리카.

모두 한동안 말이 없다.

여고생   왜 그런 대로 가나?

흐양, 갑자기 울기 시작한다.

김 양   야, 너 왜 울어.

흐 양   너무 멀어서요. 이제 보고 싶어도 못 보잖아요.

김 양   못 보긴 왜 못 봐. 비행기 타면 금방이야.

이양도 따라서 운다.

차마담   아이구, 초상났냐?
김 양   너네 진짜 왜 그래.
이 양   왜 말 안 했어?
김 양   이민 절차가 시간이 좀 걸리기도 했고… 정확한 날짜가
         안 나와서.
차마담   내가 그러라고 했어. 미리 알아서 좋을 거 없다고.
김 양   가나 대사관에서 오늘 최종 승인이 났어.
여고생   그래서 엄마 오늘 같이 갔다 왔구나?
박 양   왜 하필 가나예요? 호주도 있고, 캐나다도 있고…
김 양   우리 준영 때문에… 준영이 아프리카를 정말 좋아하거
         든. 티비도 동물 다큐만 본다니까 웃기지? 여섯 살짜리
         가 만화 같은 거 안 보고 그리고 아프리카에서 가나가
         살기 괜찮다고 하더라고. 한국인들도 꽤 있고.

침울하다. 이양이 소주를 따르더니 벌컥 마신다.

이 양   생수통 때문에 그러는 거지?
김 양   아니. 그 사람이랑 아무 상관없어.
이 양   생수통이랑 안 헤어졌다면 언니가 정말 가나까지 이민
         을 가려고 생각했을까?

박 양　생수통이랑 헤어졌어?

흐 양　언제?

김 양　한 달 전쯤. 내가 헤어지자고 했어.

여고생　어쩐지! 생수통 아저씨 바뀌어서 이상하다 싶었어.

이 양　생수통, 알고 보니 유명한 조폭이더래.

박 양　와, 자긴 그 사람 아니라더니! (일어서며) 아무래도 안 되겠다. 오늘 박경태랑 생수통 그새끼들 다 죽여버려야겠어. 흐양언니 무기 챙겨.

김 양　앉아있어. 그거랑 아무 상관없어. 내가 헤어지자고 한 이유는! 남자에게 의지하고, 남자 때문에 속앓이 하면서, 남자만 바라보고 사는 게 싫어서야. 나 혼자서도 얼마든지 준영이 잘 키울 수 있는데 왜 내가 남자 때문에 그래야 하지?

차마담　에휴, 남자가 문제다. 문제.

흐 양　그래! 남자 따위 필요 없어!

이 양　근데 왜 갑자기 이민이냐고.

김 양　사실, 한국에서는 키울 자신이 없더라고 아빠 없다고 수군거리고 손가락질 하고 무시하고 좋은 대학 가기 위해 비싼 학원비에 과외비에 그 돈 들여서 대학 보내도 말도 안 되는 등록금이다 뭐다, 어우 벌써부터 지친다. 어딜 가든 경쟁해야하고 서로 밟고 무시하고 비난하고 이런 곳에서 준영이 키우고 싶지 않았어. 공부 못해도 되니까 경쟁 안 해도 되니까, 그냥 밝고 건강하고 행복하게 키우고 싶어.

흐 양 그래 언니. 난 언니를 믿어요.

박 양 맞아. 분명히 우리보다 더 고민하고 생각했을 거야.

여고생 21세기, 내년에 새천년이 와도 우린 이럴까요? 이렇게 대학 때문에 젊은 청춘들이 아파하고 죽어가야 할까요?

차마담 너 대학 안 간다 그딴 소리 하기만 해봐.

여고생 어차피 올해 1999년에 휴거 온다던데.

흐 양 그게 뭐예요?

박 양 지구 멸망한다고.

흐 양 예? 올해요?

김 양 다 뻥이야. 믿지 마.

박 양 아이고, 설마 그런 일이 있을까요? 차라리 몇 년 후에 있을 2002년 월드컵 때 4강 갈 거라고 하면 믿겠네.

다 같이 건배하고 마신다.

박 양 됐고 김양언니 한마디 해요.

김 양 어쨌든 나 없더라도 모두 잘 지내고. 정은이는 더 이상 박경태한테 미련두지 말고!

이 양 걱정 마. 진짜 끝이야.

김 양 소연이는 학교 졸업하고 꼭 멋진 커리어우먼이 되길 바라고.

박 양 알았어. 돈 많이 벌 거야.

김 양 흐엉은… 솔직히 말하면 영남씨 포기하고 네 인생을 위해 살라고 말하고 싶은데, 싫어할 거 같아서…

흐 양	언니, 그런 말 하지 마세요. 전요. 영남씨 꼭 찾을 거예요. 참, 심부름센터에서 어제 연락 왔는데요. 소재지 파악했대요. 곧 연락 닿을 거래요!
박 양	정말?
여고생	대박! 어디래?
흐 양	원양어선 타고 고기 잡으러 다니느라 소재파악이 힘들었대. 지금 한국에 들어와 있대.
이 양	그럼 곧 만나겠네!
흐 양	네!
모 두	축하해!

모두 얼싸안고 함께 기뻐해준다. 이 광경을 보던 차마담, 한 잔 원샷 하고는 흐뭇하게 바라보며 훌쩍거린다.

여고생	엄마, 울어?
차마담	내가 이 다방 이름을 왜 궁전다방이라고 지었는지 아니?
이 양	왜요?
차마담	공주님같이 살라고. 대접받고 사랑받고. 멋진 왕자님 만나서 행복하게 살고. 여길 거쳐 가는 너희들이 어디 가서 무얼 하든 꼭 그렇게 살았으면 좋겠어. 인간으로, 여자로 태어났으니 그럴 자격 있어.
김 양	언니는 이거 언제까지 할 거예요? 여기 재개발 곧 될 거라고 소문도 들리던데.

차마담 글쎄.

박 양 언니, 이거 접고 커피숍으로 바꿔요. 저기 이대 앞에 스타벅스라고 생겼는데…

차마담 스타버스? 그게 뭔데?

박 양 버스가 아니고 스타벅스! 미국 커피숍 체인점인데 이대에 1호점 올해 처음으로 생긴 거래요. 사람 진짜 많대요.

차마담 아니, 뭔 커피를 체인점까지 해. 그냥 둘 둘 하나로 타서 나가면 되지.

박 양 그런 다방커피 말고. 요즘 현대인들은 입맛이 까다로워져서 안 돼.

이 양 그래요. 언니, 나도 얘기 들었어. 다방은 이제 사람 안 와요.

차마담 그럼 우리 공주님들은 어쩌고?

김 양 알바생으로 일하면 되지. 서빙 보고.

여고생 엄마. 공주, 공주 하니까 진짜 닭살이다. 다들 전혀 공주 같지 않은데.

호 양 어? 나 진짜 공주 맞는데.

박 양 공주라니?

여고생 공주병이냐?

호 양 그게 아니고, 저희 조상이 베트남 왕족이었어요. 체제가 바뀌면서 왕족들이 사라졌지만 안 그랬으면 전 진짜 공주였을 거예요. 베트남 공주.

이 양 야, 그렇게 따지면 나도 마찬가지야. 나는 전주 이씨거든! 이성계의 후손이라고!

김 양	난 경주 김씨야!
차마담	그건 어딘데?
김 양	신라 경순왕의 후손!
박 양	와, 난 밀양 박씬데.
여고생	그건 또 뭐에요?
박 양	박혁거세 후손. 신라를 세운 사람!
김 양	뭐야. 그럼 우리 조상이 니네 조상 아래인 거야? 뒤늦게 왕 한 거야?
이 양	그럼 뭐해. 박혁거세 알에서 태어났는데.
차마담	어쩐지 소연이 날계란 많이 먹더라.
여고생	뭐야. 그럼 조류 아냐? 알에서 태어났으면?
박 양	야, 김연희, 뒤지고 싶냐?
여고생	나 이종격투기 선수야. 붙어볼래?
김 양	근데 우연이지만 진짜 신기하다. 그럼 여기 공주가 네 명이나 있는 거네.
호 양	마담 언니는 차씨잖아. 차씨는 뭐 없어요?
이 양	무수리 아냐?
차마담	어이구, 왕족이면 뭐하고 무수리면 어때? 지금은 돈 있고 빽 있는 놈이 전부인 세상인데!
박 양	아니요. 돈 있어도 불행한 사람 많죠. 그냥 우리는! 몸 건강히 오래오래 사랑하면서 행복하게 사는 걸로! 자, 다 같이 건배할까요?
김 양	모두 잔 채우시고!

모두 잔 채운다.

박 양 제가 궁전의 여인들! 외치면 오래오래 행복하자! 외치
는 겁니다. 아시겠죠?

모 두 네!

박 양 궁전의 여인들!

다들 외치려는 순간, 다방의 전화벨이 울린다.

이 양 뭐야!

흐 양 이 중요한 순간에!

여고생 웬열!

박 양 내가 받을게.

박양, 전화 받는다.

박 양 여보세요? 네, 맞는데요. 흐엉. 네. 네? 지, 진짜요? 흐
엉, 빨리 빨리!

흐엉이 전화 다시 받는다.

흐 엉 네. 전화 바꿨습니다. 지금요? 바로 앞이라고요? 네!
네!

이 양 뭐야? 뭐야?

박 양	영남씨! 영남씨! 심부름센터랑 같이 왔대! 이 앞에!
흐 영	어떡해! 어떡해! 언니, 나 어떡하죠?
여고생	영남씨 맞대? 확실하대?
김 양	일단 진정해. 진정!
차마담	어머, 야 이거 어떡하니? 지저분해서. 치울 시간도 없네.
박 양	괜찮아. 괜찮아!
흐 양	나 떨려. 어떡해.
이 양	얼마 만에 보는 거야?
박 양	한 8년?
김 양	뭐야. 미성년자 때 민난 거네?

문 두드리는 소리 들린다.

소 리	계세요?

모두 호들갑.

김 양	왔다! 왔다!
여고생	끼아아아!
차마담	조용!! 흩어져! 자연스럽게.

차마담, 분위기 있는 노래 튼다.

차마담　네! 들어오세요!

박 양　침착해! 침착해!

이 양　잘생긴 거 맞지? 못생겼으면 너 죽어.

김 양　쉿!

낯선 남자가 들어온다.

경 남　여기 응우옌 티 흐엉씨…

못 생겼다. 흐양은 좋다고 뛰어가 영남과 감동의 포옹을 하고 흐느낀다.
다른 사람들은 못 생겼음에 실망하지만 축하해준다. 즐겁게.

흐 양　더 멋있어진 거 같아요!

경 남　정말 보고 싶었어! 찾아줘서 고마워!

다시 포옹한다. 키스해! 키스해! 사람들 외치고 뽀뽀하면.

차마담　자, 여러분. 기념이니까 모두 사진 찍을게요! 연희야 엄마 카메라 가져와.

여고생, 카메라를 자신의 가방에서 꺼낸다.

차마담　그게 왜 거기서 나와?

여고생　　우리가 남이야? 서운하게.

여고생, 카메라를 셀카 포즈로 치켜든다.

차마담　　너 뭐하니?
여고생　　셀카. 자 하나 둘 셋!

막.

한국 희곡 명작선 23

궁전의 여인들

초판 1쇄 인쇄일   2019년 1월 16일
초판 1쇄 발행일   2019년 1월 25일

지 은 이   정범철
만 든 이   이정옥
만 든 곳   평민사
           서울시 은평구 수색로 340 [202호]
           전화: (02) 375-8571(代)
           팩스: (02) 375-8573
           http://blog.naver.com/pyung1976
           이메일 pyung1976@naver.com
등록번호   제251-2015-000102호
 정 가   6,000원

  ※ 이 책은 사단법인 한국극작가협회가 한국문화예술위
     2019년 제2회 극작엑스포 지원금을 받아 출간하였습니다.